당신을 사랑합니다

당신을 사랑합니다

———

초판 1쇄   2016년 8월 22일
초판 2쇄   2016년 9월 12일
지은이   용혜원
펴낸이   김영재
펴낸곳   책만드는집

———

주소   서울 마포구 양화로3길 99 4층 (04022)
전화   3142−1585·6
팩스   336−8908
전자우편   chaekjip@naver.com
출판등록   1994년 1월 13일 제10−927호
ⓒ 용혜원, 2016

———

* 이 책의 판권은 저작권자와 책만드는집에 있습니다. 이 책 내용의 전부
  또는 일부를 재사용하려면 양측의 동의를 받아야 합니다.
* 잘못 만들어진 책은 구입하신 서점에서 바꾸어드립니다.
* 책값은 뒤표지에 표시되어 있습니다.

———

ISBN   978−89−7944−576−3 (03810)

이 도서의 국립중앙도서관 출판사도서목록(CIP)은 e−CIP
홈페이지(http://seoji.nl.go.kr)에서 이용하실 수 있습니다.
(CIP제어번호 : CIP2016017280)

● 용혜원 제77시집

당신을 사랑합니다

책만드는집

시인의 행복

시인으로 살아가며

골수에 사무친 고독 속에

짙은 그리움으로 뒤척이며

뜨거운 가슴으로 날개 돋치듯

시를 꽃피우며 산다는 것은

얼마나 행복한 일인가

02

03

04

01

공감

싱겁게 말 맞추듯
서로 똑같은 생각을 했다

몸 풀듯 서로 장단이
척척 참 잘 맞아
재미있고 기분이 좋다

둘의 생각이 어떻게
하나같이 될 수 있을까
감탄이 절로 나와
뭉툭한 정을 보여주고 싶다

보고 싶다 1

쓸쓸함이 안개 끼듯 자욱해
고독을 씹으면 씹을수록
새기면 새길수록 더 보고 싶다

걸핏하면 생각나고 그리워 눈 감으면
금방 내 앞에 나타나
내 마음의 골목길을 마구마구 걸어 다닌다

누가 이 마음 알까
왜 이리 거세게 가슴이 뛸까

잔정이 많아 뼛속 깊이 그리움을
수두룩하게 모아두었더니
심장이 조여들고 그리움이 터져버려
닦달하던 가슴이 꽉 막히고
숨조차 꽉 막히도록 보고 싶다

그냥 지금 당장이라도 가장 빠른
달음질로 부리나케 단숨에 달려가
너를 만나 투항하고 싶다

외로움을 한순간에 벗어버리고
내 품에 한 아름 안고 싶어
정말 환장하게 폴짝 뛰도록
보아도 보아도 보고 싶은 얼굴
미치도록 잔인하게 무진장 보고 싶다

보고 싶다 2

까닭도 없이 사랑할 수 있을까
이유도 없이 좋아할 수 있을까

이따금씩 정이 고여들어
그리움의 키가 자꾸 커져만 가면
정말 가슴이 아리게 보고 싶다

철부지마냥 이리도 좋을까
이렇듯 좋을까

가슴 깊이 아로새겨 놓은 그리움이
내 허리를 껴안고 떠나가면
잔잔한 설렘에 황홀해진다

말없이 흘러가는 그리움이
살면 살수록 못 참도록 안달 나고
고독이 흘러내려 한 자락 넘어가면
목메게 참 많이 보고 싶다

천진스럽고 순박한 사랑을
맛있고 신나고

재미있게 끓여놓고 싶다

그리움에 난도질당한 야윈 마음
가슴이 찢어지도록 몽매에도 보고 싶은데
이 마음쯤에서 알알이 터지는
그리움을 깡그리 불 질러 가슴이 타
기막히도록 보고 싶다

인연

인연은 우연이 아니라
필연으로 이루어지지만
인연도 때로는 만들어가는 것이다

아무리 마음에 들고
좋은 사람을 만나더라도
마음을 열고 다가가지 않으면
인연이 되어 서로 만나고
대화를 할 수 없다

모든 일은 스스로
멋있게 만들 수도 있고
무관심 속에 쓸쓸하게 만들 수도 있다

인생이란 한 번 왔다가
어느 날 홀연히 떠나는 것이다

사는 동안 좋은 인연을 만들어가며
우리가 만나는 사람들과
행복하게 살아야 한다

당신을 사랑합니다 1

당신을 만나기 전에는
수없이 방황하고 배회했으며
혼돈된 마음의 갈피를 잡을 수 없어
날마다 고통스러웠습니다

당신을 사랑합니다

사랑할 때
마음이 평온해 안정을 찾고
기쁨과 행복을 느낄 수 있습니다

누군가를 사랑한다는 것이
이토록 삶의 모습을 바꾸어놓을 줄
상상도 하지 못했습니다

당신을 사랑합니다

사랑한다는 것은
참으로 흥미롭고 신나는 일입니다
내 영혼과 몸과 마음을 다하여
당신을 미치도록 사랑합니다

내 삶의 미래를 만들어주고
희망과 꿈을 만들어주는
당신을 언제나 사랑합니다

당신을 사랑합니다 2

당신을 볼 때마다
함께 있을 때마다
마음의 숲에 사랑이
새록새록 돋아나 꽃이 핍니다

세상에 흔한 것이 사랑이라 하여도
피 말리듯 몸살 나는 그리움 속에
조촐한 정겨움이 뼛속까지 사무치도록
따뜻하고 결 고운 사랑을 하고 싶습니다

가슴은 자꾸자꾸만 설레고
자꾸 좋아 어쩌지 못하는데
머리끝에서 발끝까지 가득 찬
사랑의 말을 힘차게 퍼 올려
마음껏 고백하고 싶습니다

내 마음속에 항상 들끓는
따뜻한 생명을 주는 말
사랑이란 말을 할 수 있는
아주 기분 좋은 기쁨 속에 행복합니다

숨 막히도록 좋은 기찬 사랑을,
참고 참아오던 가슴속에 있는 말을
후련하게 고백하고 싶습니다
"당신을 사랑합니다"

네가 좋았다

너를 보고 있으면
가슴이 울렁거리고
마음이 사근사근해지고 따스해진다

너를 만나면 스스럼없이 반가워
조잘조잘 함께 떠들어도
네가 좋고 무척 고마웠다

너와 함께 있으면 화들짝 깨어나
생기가 펄펄 나고 모든 것이
어쩌면 그리도 좋은가

너의 좋은 인상과 상쾌함과
자잘한 웃음과 잔잔한 말투
모든 것이 좋아 희망이 환해진다

지금 당장이라도 달려가
너의 손을 잡고 싶다
온몸이 으스러지도록 껴안고
미치도록 사랑하고 싶다

순수한 사랑의 피가 흐르는
눈부신 사랑 벗어나지 않고
너를 사랑하는 마음에 흠뻑 젖어
형용할 수 없는 행복감에 사로잡혀
늘 그리움의 끝자리로 남고 싶다

당신이 너무 좋아서

당신이 나를 사랑으로
꽁꽁 묶어놓아서
나는 떠날 수가 없습니다

마음속 달음질을 아무리 쳐보아도
그리움이 당신을 떠날 수 없도록
조이고 또 조여서
나는 꼼짝하지 못합니다

내 가슴에 가득 피어나는
당신이 너무 좋아서 눈물이 핑 돕니다
나는 당신이 너무 좋아서
청승맞게 가슴이 메어옵니다

꺼질 줄 모르고 살아나
가슴 설레도록 그리워지는
나에게 당신밖에 없습니다
아무도 끊을 수 없는 내 사랑입니다

사랑을 마음껏 할 수 있도록
나를 자유롭게 놓아주십시오

내 영혼이 마음껏 자유로워야
못다 한 사랑을 할 수 있습니다

당신처럼 살고 싶습니다

당신처럼 살고 싶습니다
이 세상에 같은 하늘 아래
당신과 함께 살고 있음이 행복합니다

밝은 웃음 속에 진실한 겸손이
늘 몸에 배어 있는 모습이 참 보기에 좋습니다
매사에 긍정적이고 불평 없이
언제나 똑같은 변함없는 마음으로
열심히 일하는 모습을 보면 닮고 싶습니다

항상 자신보다 다른 사람을 먼저 생각하고
언제나 먼저 밝게 인사를 하고
정겹게 인사를 받아주는 모습이
주변을 환하게 밝혀줍니다

타인을 인정해주고 누가 어려움을 당하면
제일 먼저 달려가 도와주고
힘들어하면 따뜻하게 위로해주는
아주 넉넉한 마음을 배우고 싶습니다

당신처럼 살고 싶습니다

이 세상을 살맛 나게 해주어서
참 고맙습니다

늘 한 발짝 먼저 일을 시작하고 끝내는
여유로운 마음으로 살아가는 모습을 보면
정말 저렇게 할 수 있을까
하는 생각이 들 때가 많습니다

부부가 오래도록 한결같이 금슬이 좋고
가족과 이웃을 사랑하는
마음이 따뜻하고 정겨운
당신이 있어 세상은 참 행복합니다

그대

손 닿지 않는 곳에 있는
그대 얼굴 자꾸 생생하게 떠올라
느닷없이 쳐들어온 그리움에
속 쓰린 가슴이 아리고
왠지 황망하게 서글프다

정을 끊지 못한 그리움에 물들어
쓸쓸함과 허전함 사이에서 으깨지고
그리움마저 무너져 내린다

간직했던 재미나고 행복한 기억은
쓸쓸한 조각만 남아 있는데
서러움이 오장을 훑어 나가
눈물이 나서 허공을 바라본다

그대 다정한 눈빛이
그립다

그대 다정한 손길이
그립다

정겨움에 물들어 다소곳이 눈 감으면
멀리서도 손목을 꼭 잡아주며
달래듯 속삭이며 푸근한 미소로 다가오는
다정다감한 모습이 눈에 아련하다

당신

내 삶에 당신이 있기에
격동이 온몸을 흔들어놓아도
살아갈 이유가 있고
살아갈 목적이 됩니다

지울 수 없도록 사랑을
가슴에 새겨놓은 당신이 없다면
무엇을 해도 의미가 없고
살아갈 이유가 없습니다

우리 서로 가슴에 정이 흘러야
살아갈 힘이 솟고 용기가 나기에
당신은 간절한 내 사랑이고
내 삶의 전부입니다

내 삶에 당신이 없다는 것을
생각할 수 없고
생각하고 싶지도 않습니다

당신을 만나고
당신을 사랑하며 살아가는 것이

내 삶의 의미이며 전부이기에
희망을 향한 날갯짓을 합니다

나 그대를 사랑하기에

나 그대를 본 순간 사랑에 빠져
가까이 다가갈 수 없어
텅 빈 마음으로만 보았습니다

내 목숨만큼이나 열렬히 사랑할 수 있다면
마음속 깊이 묻어두었던 것들을
다 쏟아내고만 싶습니다

그대 사랑이 내 마음에 흘러 들어오면
내 모든 정신을 몰두하여 사랑하고 싶습니다

진실한 사랑은 한순간에 이루어질 수 없으니
아주 천천히 익어가는 포도주처럼
이 세상이 우리를 위해 만들어진 것처럼
아주 많이 행복하게 살고 싶습니다

그대의 마음을 알 수 있도록
사랑의 등불을 밝혀놓고 싶습니다
내가 그대를 사랑하기에
내가 알고 있는 모든 언어로
사랑을 고백하고 싶습니다

이 세상의 모든 웃음과 기쁨과
감동과 감격들을 모아
그대에게 몽땅 다 주고 싶습니다

내가 너를 사랑하는 만큼

너를 사랑하는 만큼
나를 사랑해준다면
마음 뒷골목의 어둠도 사라지고
마음 뒤안길의 아픔도
모두 다 잊히고 말 것이다

그리워하는 만큼 그리워해준다면
이 세상 그 무엇도 부러울 것이 없다
삶의 길목마다 인연의 끈을 놓을 수 없으니
너를 만나면 산다

내 추억 속에 걸터앉아
너를 그리워하며 살아갈 수 있어
너와 나의 사이는 무척 가깝다

사랑의 힘은 위대하기에
모든 것을 변화시키고
모든 것을 새롭게 바꾸어놓는다

내가 기억하는 것을
늘 마음속에 두고 사는 것처럼

늘 마음속에 두고 살아준다면
이 세상에서 크게 웃을 수 있는
가장 행복한 사람이 될 것이다

내 마음의 창고에
항상 너를 두고 살고 싶다

그리움의 길을 터놓으면

떠나려는 몸짓이 보일 때
이별이 오고 있음을 알았을 때
그리움의 길을 터놓으면
그대의 얼굴이 보인다

그리웠던 날들마다
그대를 찾아가고픈 마음에
그리움의 길이 놓인다

사랑했던 날들이 내 가슴에
흩어져 곱게 물들어 간다
그리움의 짐이 사라지고
그대를 눈앞에서 볼 날이 언제인가

어쩔 수 없이 솟아나는
그리움이 있기에 감정선이 살아나
살아가는 길에 그대를 만날
힘이 생기고 용기가 생긴다

그대를 볼 날이 있기에
추억의 뒷골목으로 사라진

그리움을 이야기하며
오늘도 나는 그대를 기다린다

고독이 흘러 들어와 체온이 떨어지는데
내 마음속에 그리움이
비가 되어 내리고 있다

절망도 견딜 수 있는 법
추억이 열리면 그리움도 열린다

네가 보고 싶어서

네가 보고 싶어서
너만 사랑하고 싶어서
사랑이란 이름으로
내 마음 한복판에 초대하였다

어둠 속에 모든 것이 사라질 때도
맨살 곳곳에서 네가 느껴져
영혼의 불을 켜고
나는 숨 쉬며 너를 바라보고 있다

잠깐 눈 떴다가 가는 세상
네가 보고 싶어서
너를 사랑하기에
너를 지워버릴 수가 없다

깊은 밤 짙은 어둠 속에서도
단 한 사람이 그리워
뼈가 으스러지도록 아프게
내 마음에 불을 지른다

네가 너무 보고 싶어

가슴이 부풀어 오르고
마음의 한 모퉁이 그리움으로
가득 차올라 너를 만나고 싶다

그리움이 왜 그렇게 미련을 남겨놓는지
너를 만나러 가는 길을
내 눈앞에 환하게 만들어놓는다

험한 세상에서 잘도 살아남아
기다림이 만남이 될 때 정말 행복하다

오늘 얼굴 모습은

오늘 얼굴 모습은
아슬아슬한 숱한 고비를 겪으며
살아온 지난날이
스스로 만들어놓은 흔적이다

주름살, 표정, 습관, 푸념,
버릇, 집, 자식, 재산, 친구와 함께
웃고 화내고 살던 지난날 동안
생각하고 모색하고 산전수전 거치며
행동한 모습을 기가 막히게
판에 박은 듯 그대로 만들어놓는다

나이가 들수록 황혼이 물들어 가듯
아름답게 늙어갈 수만 있다면
얼마나 행복한 인생인가
슬픔조차 아름다워질 때 추억이 된다

나 하나쯤

나 하나쯤 없어도 잘 돌아가는 세상에서
내가 필요한 곳이 있고
할 수 있는 일이 있다는 것은
참으로 소중한 일입니다

나 하나 때문에 누군가에게 희망을 줄 수 있고
누군가에게 사랑을 주고
받을 수 있다면
참으로 고마운 일입니다

나 하나쯤 없어도 아무런 티도 안 나는 세상에서
내가 누군가를 위하여
존재하고 살아간다는 것은
참으로 축복받은 일입니다

나 하나 때문에 할 수 있는 일이 있고
누군가에게 배려할 수 있고
이해하고 함께할 수 있다면
얼마나 행복한 삶입니까

나를 만나는 사람들에게 행복을 주고

서로 약속을 지켜주고
기댈 수 있는 구석이 있고
아픔을 서로 나눌 수 있다는 것은
우리의 존재의 이유가 되는
참 감사한 일입니다

부르고 싶은 이름

사무친 정으로 그립고
깊은 목청이 떨리고
입술 깨물며 피가 나도록
애 터지게 부르고 싶은
이름 하나 있다면 행복한 일이다

지워도 지워도 늘 생각나
곰곰이 되새김질하고
가슴 아리도록 그리워하며
늘 담아두고 싶은 이름 하나
담뿍 안고 가장 행복하게 살았다

마음 가지런히 좋아하는 사람
가슴속에 평생토록 새겨두고
사랑을 올올이 풀어가며
불러도 좋을 이름 하나 있다면
삶이란 참 아름다운 것이다

내 마음에 솔직하게 심어놓은
마냥 좋은 이름 하나 있어
살아갈 이유와 목적이 있다면

오색 꿈 꾸며 고만고만한 사랑을 하며
아주 썩 기분 좋게 행복할 수 있다

왜 나는 너에게 미쳐 있을까

왜 나는 너에게 미쳐 있을까
사랑하기 때문이다

이른 새벽 꽃잎을 적시는 이슬처럼
내 마음을 사랑으로
촉촉하게 적셔주기 때문이다

너를 생각하며
그리움도 고독도 즐겨보고
애잔함도 가져보았다

왜 나는 너에게 미쳐 있을까
너만 생각해도 행복해 웃을 수 있다

외로운 마음 위로받고 싶고
쓸쓸한 마음 알아주기를 원하고
고독한 마음 사랑에 빠뜨리고 싶다

네가 그리움으로 떠오르면
내 삶은 한껏 싱그러워지고
내 마음에 날개를 달고

너에게로 달려가고 싶다

모든 것이 떠나가고 잠드는 시간에도
어찌할 수 없도록
너는 내 가슴에 남아 있다

세월이 흘러도 질리지 않는 사랑 속에
너의 눈 속 한복판에
내가 늘 살아 있으면 좋겠다

02

풀꽃

미미하고 쪼끄마한
아주 작은 풀꽃도
서 있을 곳 있으면
해맑게 웃음꽃 피우니
흥분을 감출 수가 없다

참 예쁘다

봄 1

여린 봄 수런대는 햇살에
벚꽃이 툭툭 터지며 피어나니
깔깔깔 웃어대는
고운 몸짓의 웃음소리가
부랴부랴 온 세상에 퍼진다

봄바람이 심심했나
겨우내 시들었던 나뭇가지에
부리나케 탱글탱글 물이 올라
분홍빛 봄꽃을 흐드러지게
잔뜩 피워놓고 넉살 좋게 웃는다

숨결 따스한 봄기운에
겨우내 숨겨놓았던
봄 이야기가 초록빛으로
미주알고주알 온 세상에 퍼져나간다

반갑게 찾아온 향긋한 초록의 봄소식에
볼멘소리도 사라지고
미움도 고움도 하나가 되어
겹겹이 아주 짭짤하게 즐겁고
훈훈한 꿈을 꿀 것만 같다

봄 2

가을날 삭발하고 겨우내
추위에 오들오들 떨고 있던
들판에 초록 머리카락이
상큼하게 돋아나기 시작했다

겨우내 입고 있던 옷
훌훌 다 벗어버리고
알몸으로 버티던 나무들이
화사하게 꽃 옷을 입기 시작해
참 곱고 귀엽고 예쁘다

봄이 성큼 다가오니
중뿔나게 누가 부르나 보다
내 마음은 당신을 위해 비워놓은
빈집이니 이 봄에 찾아오시라

봄꽃이 피어나니 하염없던
생각의 먼지도 마음의 불안도
떠나간 구름같이 사라지고
모든 것이 희망으로 꽃피기 시작했다

봄날 꽃구경 한번 갑시다

화창한 봄
날 보란 듯이 활짝 피어나는
꽃구경 한번 갑시다

눈부시게 화려하다 못해
혼을 쏙 빼놓을 정도로 아름다워
한동안 넋을 잃게 만드는
봄꽃을 바라봅시다

가슴 활짝 열고
화려하게 피어나는 봄꽃들마냥
우리네 삶도 마음껏 피워보고
서로 다짐하는 시간을 가져봅시다

봄날 꽃향기 가득한 길을 걸으며
인생도 사람답게 멋지게
신명 나게 살아보자고
가슴이 시원하게 소리 질러봅시다

매화

겨울이 떠나기 전
찬 바람이 불고 눈 내려도
봄을 부르는 눈부신 매화꽃
번갈아 터지며 피어나면 봄이다

봄이 오는 길목
땅이 가물 타다 비가 내려
매화가 화들짝 놀라 피어나면
바람이 풀어놓은 향기가
온 세상 가득하다

봄이 왔다
어여쁘게 벙근 매화꽃
천지에 가득 피어나고
유혹적인 입술로 조잘댄다

쳐들어온 봄소식에 수많은 꽃들이
바람난 몸짓으로 피어나면
들판에 초록이 팽창해나간다

언덕 위의 하얀 집 카페
— 금강

목이 말라
차를 주문했더니
강물을 떠다 차를 끓였나
찻잔이 함지박만큼 크다

긴 여정에 힘들고 지친 몸
팍팍하고 갈한 목을 축이니
철쭉꽃차 맛이 참 좋다

창밖의 금강을 바라보니
만나자마자 눈 익히지도 않고
손 한번 흔들어주지도
뒤 한번 돌아보지도 않고
등 돌려 말없이 흘러간다

금강

꽃 피는 봄날
금강이 그리워 찾아갔더니
금강이 나에게 하는 말
"내! 니! 올 줄 알았다!"

호박

불타는 한여름
태양의 열기 속에
보기 좋게 호박이
둑 이곳저곳에서 익어간다

남 보란 듯이 잔뜩 웃음 머금고
익살스럽게 큼직한 배때기
불뚝 드러내 놓고
마음껏 자랑하고 있다

호박이 익어가는 한여름
뜨거운 열기 속에서도
시원한 바람이 불면 마음먹고
잘 살아볼 궁리를 해본다

떠나자

떠나자
불현듯이 가고픈 곳이 있으면
아무 곳이라도 좋으니 가자

생각이 복잡하고
가슴이 답답하면
쏟아지는 것은 푸념뿐이다

맨송맨송하더니 상처 나고 쓸쓸해
설움이 울컥 치밀어 오르고 답답해
지금 이곳을 떠나고 싶다

답답한 마음을
시원하게 해줄 곳이라면
서둘러서 어디든 떠나자

여기선 아무것도 할 수 없다
어처구니없이 가슴만 쩡쩡 갈라져
성깔만 거슬려 사나워진다
훌훌 벗어버리고 우선 떠나자

고독이 가슴을 퉁기고
그리움은 왜 이리 아득한가
서럽도록 슬픈 일이 있더라도
기분 좋게 삼삼하게 확 터지는 곳으로
볼 터지게 웃을 수 있는 곳으로 가자

소나기 1

세상 온갖 슬픔이 다 모여들더니
헤아릴 수 없는 빗방울이 되어
한바탕 쏟아지던 날
난 알았다

하늘을 뒤덮은 먹구름이
후드득 쏟아져 내리는 소낙비가
성질 고약하고 눈꼴사납다

조용하던 세상
사방에 검은 구름 왁자지껄 몰려오더니
갑자기 번개가 신나게 몰아치고
심술궂은 얼굴로 천둥이 내리치더니
온 세상 성난 이빨로 씹어댄다

세차고 굵은 빗방울이 갈등 울분 통곡하듯
한바탕 거친 소리를 내지르며
온 세상 떠내려 보낼 듯 몸살 떨며
세차게 쏟아져 내렸다

온 삭신을 적셔오는 빗줄기에

슬픔과 아픔을 쏟아내면
통증도 사라져 시원하다

거참!
한여름 날 하늘이 구멍이 난 듯
쏟아부어 성질이 몸서리치게
아주 썩 고약해 볼 장 다 보았다

소나기 2

무더운 한여름
먹구름이 몰려와 내리꽂듯
시원한 소낙비가
한바탕 쏟아져 내린다

한여름 더위가
잠시 잠깐 도망친 모양이다
하늘이 파랗게 말짱하다

사람을 만나는 것은 1

살아가며 사람을 만나는 것은
매우 중요하고 대단한 일이다

누구를 어디서 만나고
서로에게 무엇이 될 수 있다는 것은
운명을 바꾸어놓을 정도로
삶이 전혀 달라지는 일이다

친구도 함께 일하는 동료도
부모 가족도 사랑하는 사람도
어떻게 만나느냐에 따라
삶의 모습이 달라진다

만나는 사람에 따라
더 외롭고 쓸쓸할 수도 있고
마냥 행복하고 즐거울 수도 있다

때 묻지 않은 순수한 마음으로
욕심 없이 허영 없이 있는 그대로
순수하게 사람을 만나야
삶의 풍경을 아름답게 만들 수 있다

사람을 만나는 것은 2

사람을 만나는 것은
아주 소중한 일이다

독하디독한 눈빛으로
시선을 뚝뚝 끊어 거칠게 대하고
함부로 쾅쾅 대못을 박지 말고
서로의 마음을 알아
아픔을 따뜻하게 감싸주며 덮어주어야 한다

똑같은 사람이라도
누가 어떻게 대하느냐에 따라
달라지는 것이 인간의 모습과 관계다

신뢰하고 약속을 지켜주고
언제나 함께해줄 수 있는
굳건한 마음이 있을 때
사람과 사람 사이는 새롭게 될 수 있다

곁에 있는 사람을 깨끗한 마음으로
순수하게 바라볼 수 있어야 한다
언제까지나 지켜줄 수 있는
우정이 있어야 삶은 더 진실해진다

사람을 만나는 것은 3

사람을 만나는 것은
참으로 엄청난 일이다

양심을 마구 꺾어 누구를 이용하거나
자기의 성공 도구로 삼거나
잘못과 허물을 뒤집어씌우거나
비웃음감이나 놀잇감으로 삼거나
비겁하게 등에 비수를 꽂아서는 안 된다

타인을 무조건 비판하거나
자신의 출세를 위해 이용하거나
비난의 대상으로 삼아서
괴롭히는 것은 할 일이 아니다

자기와 함께하는 사람들과
신뢰를 나누고 희망을 나누고
용기를 갖고 이루어가며
인간적인 정과 낭만을 나눌 수 있는
여유로운 마음을 가져야 한다

사람을 기쁨과 즐거움으로 만나고
헤어짐을 아쉬워할 수 있도록
인정과 멋이 있는 사람이 되어야 한다

왕의 커피

커피를 좋아하는 사람들은
제맛을 내는 카페를 찾는다

내가 사는 일산에
브라질에서 30년을 살다가
커피의 맛을 갖고 고국을 찾아
'왕의 커피'라는 카페를 차린
젊은 사나이가 있다

커피의 쓴맛, 신맛, 단맛,
고유한 맛의 진가를 맛볼 수 있는
맛있는 커피를 마시러
왕의 커피를 찾는다

한 잔의 커피가 주는
삶의 행복함을 누려본다

커피의 제맛을 느낄 수 있는
왕의 커피를
내가 마실 수 있는 것은
한결 기분이 좋아지고 정말 신나는 일이다

나는 오늘 왕의 기분으로
왕의 커피를 마신다

새로운 변화

표정이 살아야 인생이 산다

얼굴이 밝아지도록 웃는다면
삶 자체가 확 바뀔 수 있다

거짓되고 잘못된 것들은
마음속에서 찾아내 몰아내고
탈탈 털어내면 속이 시원해진다

망각 속에 매몰되어가는 시간들
밝고 좋은 것들을 받아들이는
아주 좋은 긍정적인 마음으로 살자

시인은 언어를 디자인하고
사람들은 인생을 디자인하며 살아가는데
우리의 삶을 멋지게 살자

늘 넘어뜨리고 쓰러뜨리고
눈살 찌푸리게 하는 절망의 뿌리 잘라내고
꿈의 칸칸마다 기쁨으로 채우며
희망의 싹을 푸르고 푸르게 돋아내자

구겨지고 얽히고 상처 많았던
절망의 언덕의 경계 넘나들고
두 볼에 고이는 행복에 웃음이 터지도록
희망과 행복이 펄펄 살아 꽃피어 나는
아주 기분 좋은 들판을 만들자

물

물은 생명이다

물이 없으면 지구도 존재할 수 없고
지구 상의 모든 생물도 살 수 없다

지금 전 세계는 지구온난화가 가속되어
물이 점점 더 부족해지고 있다

민물고기와 해저 심층수가
중요한 시대가 되었다

지나친 물 낭비는
인간을 불행하고
비참하게 만들고 말 것이다

물은 생명을 만들고
자라게 하고 열매를 맺게 하고
수고한 보람의 수확을 거두게 한다

인간이 지구에서
오래도록 행복하게 살아가려면
물을 사랑하고 아끼며 살아야 한다

가야금산조

가야금 명주실 열두 줄을
가슴을 뜯어내듯
영혼을 뜯어내듯
고조된 손길로 리듬을 타고 내린다

뒤쫓아 가듯 앞서가듯
쫓기는 듯 몰고 가는 듯
강물이 흐르듯이
잔잔히 흐르다가
폭포가 흘러넘치고 내리치듯
거세게 음률을 타고 흘러내린다

진양, 중모리, 중중모리,
자진모리, 휘모리장단으로
휘몰아쳐 나가면
가슴이 울렁이고 욱신거린다

신비하게 간드러지듯 흘러가고
숨이 넘어갈 듯 넘어갈 듯
몰아치며 미친 듯이 치달려 간다

가슴앓이 뼈아픈 가락을
이어질 듯 끊어질 듯
가야금 명주실 줄을 뜯으면
살아 있는 소리가 신비롭게 한바탕
가슴을 조였다 풀었다 하며
어느 사이에 빨려 들어간다

단소

펄펄 살아서 싱싱한 대나무 숲에서
아주 잘 자란 대나무를 잘라서
장인이 만든 단소

청성곡을 불 때마다
대숲에 천년을 오고 간 바람이 불어와
입으로 불고 손을 뗄 때마다
애간장 떨리듯 간절한 흐느낌으로
구슬픈 가락이 그윽하게 울려 퍼진다

좋은 대나무로 만든
장인의 솜씨가 뛰어나고
온몸을 사로잡는 음률을
손에 잡을 듯 놓을 듯 풀어간다

연주를 기막히게 하니
대나무 숲이 바람에 떨리듯
가냘픈 목숨이 비애에 떨리듯
매인 목숨이 풀리듯
가락이 저절로 살아난다

살풀이춤

살아나는 춤사위 속에
연인의 줄을 풀어가며
한이 풀리는 살풀이를 한다

사뿐사뿐하게
날렵하고 절묘한 몸짓으로
한쪽 발을 들고
한쪽 발을 내딛으며
손을 이리저리 휘저으며
하늘에 맡기듯 살아 있는 춤을 춘다

아릿한 슬픔의 넋을 불러
눈길을 맞추고
손길을 맞추며
한을 달래고 넋을 어르며
하나씩 하나씩 풀어나가는 춤사위에
정신과 혼이 쏙 빠져들어 간다

춤사위가 격렬해질수록
서럽고 가슴 아리던 한도
산산이 풀어헤치고

한없이 산뜻한 바람이 불듯
장단에 맞춰 속 시원하게 풀려나간다

창

구성진 가락과 장단에 맞춰
거친 목소리로
세찬 입담을 풀어가는
재미나고 사무친 이야기가
신명 나게 한바탕 줄기차게 쏟아져 내린다

목이 터져라 완창을 하는
명창의 목청은
사람들의 마음 한복판으로
넘치고 흘러내려
가슴을 울리고 눈물을 적시고
파안대소하게 만들어놓는다

고수가 북을 두드리며 신명 나게
너스레 떨고 맞장구치며 풀어내는
거친 숨 몰아쉬며 맛깔이 살아나는 창은
명창의 오랜 피나는 인고의 세월과
눈물과 피와 땀이 만들어내는
절창 중의 절창이다

온전한 창법으로 대목마다

관객을 몰아치고 풀어가며 이끌어가면
정신이 팔려 폭 빠져들게 된다

하늘에서 땅끝까지 살아 있는
풍부한 표정과 손짓과 몸짓으로
만들어내는 멋과 재미가 있는
최고의 소리이며 명창 중의 명창이다

사물놀이

판박이 같은 삶에 잔잔한 바람과 같았다
마치 파도와 태풍이 휘몰아치듯 몰아가는
아주 묘하고 저절로 신명 나는 장단 놀음이
사물놀이의 매력이다

북과 징과 장구와 꽹과리가
서로 하나로 어우러지는 소리가
넓어졌다 좁아졌다 계속 반복하며
시끌벅적 만들어가는 야성미도 살아 있는
민중이 좋아하는 야유와 비웃음도 담아내는
멋들어진 민속음악이다

두들기고 흔들어대고
소리 지르고 절규하며
소란함과 시끄러움 속에 시선이 모아지고
신이 나고 재미가 터져
어느 사이에 모두 하나가 되어버린다

잡신도 귀신도 견디다 못해 떠나가고
속상하고 화가 나 답답하던 민중들도
가슴이 뻥 뚫려 시원해지고

보다 보면 듣다 보면 함께하다 보면
터져 나오는 추임새에 괜스레 마음이 설레
얼쑤 얼쑤 어깨춤이 절로 나오는
참으로 신명 나는 놀이 중의 놀이다

03

삶

마침표를 찍기 전에
물음표만 찍으며 살지 말자

너무 좋아서 감동하고
너무 기뻐서 감탄하며
밑줄도 쭉 그어놓고 싶은 날도 만들자

너무 행복해
희망찬 느낌표 하나
싱싱하고 풋풋하게
크게 찍어놓은 기쁨에
마구 좋아할 날도 만들자

세월 1

떠나가면 다시 오지 않을
세월에게 말을 걸었더니
어찌나 빠르게 흘러가는지
단출한 대답도 없이 훌쩍 떠나버렸다

세월은 나를 젊게도 늙게도 만든 바람이었고
눈물은 떠나는 세월을 적시고
들통 다 내놓고 떠나버린 세월은
흐르던 눈물조차 마르게 했다

세월을 잠깐 붙잡아도 보고
손안에 넣고 살아왔다 생각했지만
단 한 번도 뒤돌아보지 않고
오래 머물지 않고 흘러갔다

흐르고 떠나가는 세월 속에
불안과 긴장이 깃들어도
올곧은 마음을 끊임없이 닦달하며
시를 쓰며 산다는 것은 행복이다

세월은 언어의 실마리를 찾아 뇌까리다

숱한 언어를 찾고 부르며
시를 쓰며 진실을 물으면
나에게 쌈박하게 대답해주는
아주 행복한 시간이었다

세월 2

세월에 뼈아프게 긁힌 상처들
내심 불안했지만 아물 때쯤이면
무겁고 고단했던 세월
즐겁고 행복했던 세월 모두 다
세월이 울어낸 추억으로 쌓인다

붙잡으려 안간힘 써도
인생이란 시한부로 왔다가 가는 것
한없이 끝없이 흘러가는 나날들 속에
대충대충 머뭇머뭇 맴돌아 보았다

끝까지 살아보아야지 억척을 떨고
오기까지 부리며 살아보아도
어리석은 생각에 늘 발목 잡혔다

어쩌지 못하고 갈아 엎지도 못하고
변죽만 울리다 끝이 보여 부아가 치밀고
볼 장 다 본 듯 어리석음을 깨닫는다

몸살 나듯 그리움이 떼로 몰려와
지천에 야단법석 피어나는 봄꽃들이

한순간 피었다 시들고 떠나도
바람맞아도 아무런 후회 없다

세월 3

흘러가고 떠나는 세월을
누가 데리고 왔을까
정말 알다가도 모를 일이다

무슨 바람이 불어 멈추지 않고
제 마음껏 해방되어
유유히 방출되어 떠나간다

발꿈치 따라와 벗어놓아도
결코 붙잡아 주지 않고
자꾸만 멀어져 돌아올 수 없다

세월에 좇겨 곤두박질치듯 무너지고
밑바닥이 드러나 버려
목울대 차오르는 슬픔에 울고
때로는 가슴 터지듯 행복해 웃고 살았다

문턱이 닳도록 흘러가는 세월 속에
외로움과 그리움이 만나
홀로 꿋꿋이 우두커니 서 있다

매정하게 독촉하듯 흘러가 버리고
외로움을 덮어주지 않아
얼빠진 마음만 헤프고 자꾸 서글퍼서
손잡지 못하고 허겁지겁 훌훌 떠나며 산다

세월 4

만나는 세월 속에 부대끼며
악착같이 발 벗고 나서
묶고 풀며 그리워하며 살아왔다

꿈을 갖고 찾고 희망을 이루며
자잘한 행복 몇 점 줍고 살아왔는데
초록 생명 속에 살아온 시간이
왠지 짠하고 고맙다

한동안 미칠 듯 쓰리고 아팠던 사랑도
환장할 듯 뼈 시리던 사랑도
이제는 먼 이야기로 추억 속에 남아 있다

소중하게 간직하고 살아오며
꽉 낀 먼지도 털지 못했는데
한순간 속절없이 흩어지고
머뭇거리지도 머물지도 못하고 떠난다

결국 외톨이로 쓸쓸한 아쉬움이 남지만
인생의 진한 맛 깊은 맛 폴짝 뛰도록
아픈 맛 짜릿한 맛 느끼고 살아오며

고통 속에서도 미소 지을 수 있으니
언제 어느 때 떠나도 후회는 없다

세월 5

어딜 가나 고달픈 청승
흘러가는 세월이 아깝다고
눈물을 머금어도 붙잡을 수가 없다

갓난아이는 왜 그토록
손을 꼭 움켜쥐고 태어날까
하늘나라엔 왜 손 다 펴고 떠날까

쥘 듯 잡을 듯 엄두를 내지 못해
힘겹게 살아가며 뛰어넘고
끼어들고 파고들어 잔뼈가 굵어져도
곁다리로 살아가는 것이 대견스럽다

홀로 살다 짝짓고 살다
또다시 홀로 살아가는 것이
끈끈한 흐느낌 속에 울화통 터져
어려운 걸음걸이 참 쓸쓸하고 고독하다

일평생 거두려고 발버둥 치며 살다가
갖고 갈 것 하나 없이
간신히 살아남아도 죽음이 찾아와

떠나고 사라져가는 쓸쓸한 세월은
허전함만 남기지만
꿈과 희망은 언제나 뭉게뭉게 피어난다

시간

시간이 나를 힘껏 밀치며 나가
정신없이 마구 궁굴려놓더니
한정 없이 끝도 없을 것 같았던
세월도 훌쩍 흘러가 버렸다

시간 속을 내 마음대로
들락거린 줄 알고 나름대로
무언가 잡히는 것이 있는 줄 알았는데
가슴이 먹먹하도록 아쉽게 떠나가 버렸다

산다는 것은 어슬렁거려도
재빠르게 움직이며 떠나가는 시간 속을
머물지 못하고 쉬지 않고
끝없이 걸어 들어가는 것이다

사람들은 주어진 시간 속에서
가끔씩 길을 잃어버리고 잘 풀리지 않아
죄책감이 온몸을 감싸고돌아
피가 솟구치고 가슴이 팍팍했다

시간은 건물을 만들고

건물은 골목길을 만들고
골목길은 이야기를 만들지만
시간의 여정 속에서 이루어진 일이다

인생을 때로는 외롭게 쓸쓸하게
때로는 아름답게 꿈인 듯 생시인 듯
손에 잡힐 듯 생생한 상상 하며 살아도
영혼이 몸을 떠나 하늘로 가면
차마 어쩌지 못하고 떠나는 것이다

삶이란 바람이다

삶이란
얼굴도 알 수 없는
바람이다

한 번 불어왔다가
머물지도 못하고
훌쩍훌쩍 떠나는 바람

다시는 똑같이
불어오지 못할
바람이다

상처

흘러가고 잊힐 만했던
과거를 끄집어내 염장을 지르고
마구 털고 풀고 후벼 파대면
아무리 오지랖이 넓어도 소용이 없다

갑자기 당한 충격에 당황하며 소용돌이쳐도
괴롭고 혼란해 악화 일로를 걷다가
요절나듯 뭉그러질 때까지 어쩔 수 없었다

나사 풀려 쪼그리고 앉아 어설프게
꾹 눌러보며 굼지럭굼지럭
어떻게 해볼 도리 없이 만신창이로
감당할 수 없게 속 끓어 꺼멓게 타는
가슴에 눈물이 그렁그렁했다

미처 빠져나오지 못해 솟는 슬픔
까맣게 몰려오는 근심의 쇠사슬에 묶여
굳어진 마음 꼬이고 뒤틀려
자책의 끝없는 시련으로 섬뜩하다

힘들고 견디기 어려운 깊은 상처도

깨끗한 용기로 기막히게 감싸주고 위로해주면
씻은 듯 아물고 잊히는
삶이란 몹시 시리고 아픈 것이다

젊은 날

막막해 한 치 앞도 보이지 않고
갑갑하고 황망해 끝없이 세차게 흔들려
젊은 날 참 많이 울고 상처받았다

내가 이것밖에 안 될까
엄청난 혼란과 수없이 싸움박질하며
볼품없이 찢겨 쑤셔놓은 가슴이
트집과 꼬투리 잡히고 배배 꼬여
진득하게 해내지도 못하고 피멍이 들었다

희망이 찢겨 나가 피고름 나던 시절
눈빛 흐려지고 슬픔 퍼마시던 절망이
마음의 가지를 아주 잘게 썰어놓아
눈물이 그렁그렁 맺혀도
내 잘못을 어찌 감당할 수 없었다

무릎 탁 치게 어리석음을 일깨워 주는
번개 치던 깨달음 속에
새순 돋듯 소담하게 피어난 사랑이 힘이 되었다

두려움 속에 끝내 가늠할 수 없던 내일

겁에 질려 숨 막혀 죽을 것같이 지치고 힘들어도
힘겹게 버티어나가면 나에게 위로가 되어
자신감을 갖고 희망을 얻어
마음의 길을 따라갔다

나락한 삶의 팍팍한 길목에서 한숨도 잠재우면
감촉이 살아나 할퀴고 뜯긴 상처도 아물 무렵
이길 수 없던 두려움을 떨치고
끈질기게 치솟는 갈증과 갈망 속에
당당한 용기를 곱씹으며 꿈을 이루어갔다

고통 속에서도 만들어지는 감동 속에
고만고만한 보람을 느끼고
아픈 상처마저 아련한 추억이 되었다

삶의 진가를 알고 나니 멋진 기분에 환성이 터지고
새로운 날들을 기쁨으로 맞이함이 너무나 행복해
밝은 얼굴로 방그레 웃는다

삶이란

핏발이 서도록 기막힌 절망 속에
처절하게 내팽개쳐지고 비참하게 구겨지고
뼈를 녹이는 절규의 깊은 그늘 속에
아물아물하게 자꾸 어두워지고 뒤엉켜
빗질 한번 못 해 졸렬한 가슴 저리게 슬프다

지친 몰골의 통탄 속에 뼛골 아픈 생채기와
명치끝 찔리는 가파른 고통 속에
갈 길 못 찾는 조바심
가슴은 피땀 눈물 흘리며 서글픈 고통 이겨내고
진실하게 살기를 간절히 원한다

거짓이 난무하는 세상 엉킨 사연의 시련도
훌쩍 떠나면 너무나 짧은 순간들
활활 불타는 갈망에 허튼 시도도 해보고
뭇 슬픔 속에서도 어금니 악물고 이겨내면
열정과 자신감이 점점 강렬해지고
내일을 향한 거센 희망이 되어 살아난다

저마다 살아가며 느끼는 삶의 무게만큼
쓸쓸하고 외로운 거리에서

궁핍한 나날 속에서도 인간미 넘치게
내 작은 꿈들을 박차를 가해 이루어가면
세상 사는 재미가 손끝 짜릿하게 느껴진다

서툰 흥정 하지 않고 열심 다한 순간마다
뭉클한 감동을 심심히 살려놓은
가슴 후련한 따뜻하고 간절한 사랑이 있고
솔솔 신명 나고 맞장구치는 재미가 있어
삶은 보기 좋게 만들어가는 가장 멋진 작품이다

인생이란 연극

인생이란 연극이라는 말도 옛말이 되어
막 내리고 끝나면 꼴사납던
목숨마저 도르르 말려
무대도 객석도 비워야 한다

맨살이 드러난 고독과
가칠한 외로움과 잔인한 쓸쓸함에
별로 흥미를 느끼지 못해
매우 불안하게 얽혀 괴롭고 혼란하다

바람이 불어왔다 떠나면
돌아갈 수 없고 돌아가지 못하게
속수무책으로 끽소리도 못 했다

목적 없는 희망에 간절하고
피나게 팽팽히 매달렸지만
돌이킬 수 없도록 영영 끊어지고 말아
천덕꾸러기로 이슬로 사라지는 시간들
참 애매하고 안타까운 일이다

삶은 늘 벼랑 끝이다

날마다 끊임없이 일어나는 사건들
살인, 자살, 도난, 교통사고, 화재, 지진
불쾌하고 불미스런 사건이 계속 터진다

죽음이 시시각각으로 보도되고
처참한 전쟁과 테러의 소식이 들리고
병마와 바이러스 소식에
절망이 바닥 끝으로 추락해
사람들의 마음이 앙상한 가지로 메말라 있다

지진과 해일과 기근과 가난
절망의 고통과 아픔 속에서도
맥없이 굴복하지 않고 멀리 뻗어가는
희망을 갖고 내일을 살아간다는 것이
얼마나 가련하고 대단한 일인가

홀로 남아 외로워도
내가 무엇을 할 것인가 불안해
겁먹은 얼굴로 살아가지 말고
미움을 받더라도 늘 재빠르게 행동하며
찬란한 기쁨과 희망을 갖고 살아가라

벼랑 끝에서도 피는 꽃을 보라
절벽에 쏟아져 내리는 폭포를 보라
얼마나 가슴이 뜨거워지는
놀랍고 감동적인 일인가

희망을 갖고 극성스럽게 살아가는 한
절망은 순식간에 사라지고
희망이 남아 있을 때
발걸음이 한결 가벼워지고 신이 나
쾌재 부를 내일은 아름답게 꽃이 필 것이다

서툰 인생

늘 어정쩡한 태도로
찾아온 모처럼의 기회조차 놓치고
미궁 속으로 빠져들어 시련의 보풀로
헝클어진 꼬락서니와 실랑이를 벌이는
어리석음이 참으로 못마땅하다

결심이 가득 차 목표를 정해놓고도
걱정스런 눈빛으로 시행도 못 하고
잠결에서 깨어난 듯 어리둥절하며
전전긍긍 버둥거리다 세월만 흘러갔다

머릿속을 휘젓는 것을 행하려고
꼼수 짬수를 흩뿌려 놓으며 재촉해보아도
풋내기에 불과해 심각한 표정으로
늘 덫에 걸려 배알이 꼴려 인상만 찌푸렸다

조바심에 울화는 치밀어 오르는데
예측하기 힘든 행동 탓으로
사람들은 떠나고 목소리마저 흩어지고
늘 한발 늦어 찬물만 끼얹었다

냉혹한 자책감으로 후회해보아도
남은 세월은 구름 뒤로 멀리
넘지 못할 운명처럼 야속하게 떠나가고
잔혹한 기분만 들어 속눈물에
온 세상이 어둠 속에 잠겼다

그냥 울어버려라

고달픈 목숨줄 연명하며
고통이 뼛속 가득해
환장할 듯 부아가 치밀고
손사래 치듯 복장 뒤집히는 일 있다면
그냥 울어버려라

막다른 골목 피맺힌 아픔에 숨 막히고
가슴 파이게 수가 사납도록 아픈 곡절
시치미 떼며 숨기지 말고
그냥 울어버려라

슬픔이 무게를 더하고
고독의 두께가 더해질 때 어처구니없이
울고 싶은 걸 참으며 안절부절못하는 것은
미련한 짓이며 가슴만 답답할 뿐이다

마음속 주름 깊이 더하고
숨 쉴 사이 없이 죽지 못해 살고
온 세상이 끝장난 듯 정나미 떨어지는 푸념에
억장 무너져 새파랗게 질리고
앞이 깜깜해 가슴 떨리면

그냥 울어버려라

눈물을 제물 삼아 한바탕 울다 보면
시원해지고 조금은 걱정도 사라지고
희망도 다시 찾아와
떠들썩하게 왁자지껄 웃으면
때때로 짭짤한 재미 느끼며
다시 살아갈 용기를 얻는다

당신은 할 수 있습니다

당신은 할 수 있습니다
삶의 목표를 정해놓고
하나씩 도전해나가면 이룰 수 있습니다

용기를 내세요!
열정을 쏟아보세요!
이 세상 어떤 사람도 처음부터
잘된 사람은 단 한 사람도 없습니다

성공의 결과는
모두 다 노력의 결과이며
실패를 통하여 얻은
기다림과 열정과 수고의 결과입니다

당신도 할 수 있습니다
원망하고 불평하며
신세타령과 불만만 가득하면
무슨 변화가 일어나겠습니까

꿈을 잃고 무릎 꿇고 주저앉아 울지만 말고
덧난 고통도 아물 때가 있으니

힘을 내세요!
어떤 예술품도 하루아침에
공짜로 떨어진 것은 단 하나도 없으며
모두 다 피와 땀과 눈물이 만들어낸
보석같이 아름다운 작품들입니다

어둠의 끝에 빛이 시작되니
당신도 할 수 있습니다
먼저 손을 내미세요!
당신이 먼저 뛰어들어야 합니다

당신은 해낼 수 있습니다
최선을 다하여 최대의 결과를 만들어야 합니다
나도 할 수 있구나!
나도 해냈구나!
꿈을 성취하는 기쁨을 누리세요!

포기하지 마

처절한 사투 끝에 막다른 골목이라고
눈앞이 캄캄해 바랄 것이 없다고
겁이 가슴에 박히고 발목 잡혀도
무조건 안 된다고 아니라고 포기하지 마

눈 말똥거리며 잘 생각해보면
기뻤던 일 좋았던 일
행복했던 순간들도 있었을 거야

이 세상 모든 사람에게 한번 물어봐
온몸이 바스러지도록 힘들었던 때가 있었느냐
뼈저리게 가슴 아픈 일이 있었느냐 물어봐

누구나 서툴러 세상을 잘 몰라
부딪치며 깨지고 부러지고 쓰러지고
가슴이 찢어지도록 서글퍼도
갈망의 가지 끝에서 죽자 사자 발버둥 치고
가슴앓이하며 살아가는 거야

힘들고 지쳐 눈물이 비 오듯 쏟아져도
긴가민가 풀 죽어 주저앉지 말고 일어나

어찌할 수 없도록 얽매인 것들도 풀어가며
독하고 야무지게 마음먹고 한번 해보는 거야

날 선 깨우침 속에 마음 닦달하며
배짱 있게 피땀 눈물 쏟다 보면
시련도 끝나고 웃음이 찾아올 거야
원하던 날들이 자꾸자꾸 찾아올 거야

식당

음식 맛이 좋은 식당은
어느 곳이든 김치 맛이 좋다

장사꾼 농간이 지나치게 들어가면
밑반찬이 지극히 형편없고
음식 맛도 엉망진창이다

한 식당에서 수십 종류의
음식을 다 하는 식당은
맛을 제대로 낼 수가 없다

단 한 가지 음식을 해도
전통과 손맛에 정성이 깃들어야
음식이 제맛을 낸다

인심이 너무 야박하지 않고
주인이 친절하고 웃음이 가득한 식당
역시 음식 맛이 좋고
은은한 정이 남아 발길을 당기고
다시 찾고 싶게 만든다

보리굴비

하얀 큰 사발에 담긴
푸르죽죽한 찬 녹차 물에
잘 삭힌 노릇노릇한 굴비 살을
뜯어 넣고 밥과 말아 먹으면
고스란히 입맛이 살아나니
어쩌면 맛이 이리도 좋은가

입안 가득한 푸른 바다에
굴비가 헤엄쳐 나가듯 맛을 살려주는데
밥과 녹차가 함께 잘 어울려
식감을 돋아내니 참 기가 막힌다

즐겨 찾는 맛있는 음식이 주는
행복감이 바로 이것이구나
가만히 있고는 견딜 수 없는
탄사가 입에서 저절로 터져 나온다

국수 한 그릇

가난에 등 시리고 배곯고
가슴 아팠던 시절에도
배고픈 시장기를 때워준
멸치 국물 국수 한 그릇

따끈한 국물을
후루룩 소리를 내며 먹으면
가난이 가슴 아파
시린 눈물이 뚝 떨어졌다

시장기 확 돌고
배고플 때 먹는 음식이
최고로 맛있다

화이트데이

화이트데이에
내 마음 듬뿍 담아 주고 싶어
사랑하는 아내에게 금사탕을 선물했다

"영원히 녹지 않을 사탕과 함께
내 사랑을 선물하겠다"라고 말했다

아내는 "어떻게 이런 선물을 할 생각을 했느냐?"며
"최고의 선물"이라고 좋아했다

단 한 사람을 절실하게 사랑하는
설레는 마음 그 자체가
가장 아름다운 최고의 선물이다

이 좋은 날 사랑하지 않고 어쩌랴

여보!

여보!
나이가 들어 늙어갈수록
우리 행복하게 살아요

어느 날 갑자기
둘 중 한 사람 훌쩍 떠나면
홀로 남은 허전함과 쓸쓸함을
어떻게 감당하며 살아야 하나요

떠난 후에 괜한 미안함에
안타까워하며 후회하지 않도록
우리 함께 사는 날 동안
서로 아낌없이 사랑을 나누며 살아요

여보!
늘 함께해주어서 정말 고마워요!

어머니

글도 모르고 채소 장사 하시던 어머니는
학교에서 매번 꼴찌 하는 못난 아들에게
야단 한번 제대로 안 치셨다

셋째 아들을 가끔 안아주시며
"너는 이담에 잘될 거다"
종종 말씀하셨다

"엄마! 내가 공부를 잘해?
얼굴이 잘생겼어?
집안이 좋아? 어떻게 잘돼!" 하고 말씀드리면

어머니는 내 엉덩이를
세 번 세차게 치시며 말씀하셨다
"엄마가 된다면 된다! 자식아!"

아들 시 한 편도 읽지 못하시고
하늘나라로 가신 어머니
늙어가는 아들 귓전에
지금도 어머니의 말씀이 생생하게 들려온다

아들아 미안하다

깐깐하기만 했던
구순의 어머니가
막내아들에게 말씀하셨다

아들아 미안하다
평생 기대고만 살아서
아들아 미안하다

평생 동안 아들에게
어쩌다 돈 한 푼 주려면
안달을 떨던 어머니가
수십 년 동안 하루도 늦추지 않고
용돈 드리는 아들에게
필요할 때마다 더 달라고 하셨다
아들은 그때마다 드리곤 했다

아들아 미안하다
평생 기대고만 살아서
아들아 미안하다

04

길

세상에 수많은 길이 있지만
원하지 않는다면 갈 수가 없다

어떤 길이든 두려운 길이든
보기에 아주 좋은 길이든
선택하면 갈 수 있다

어떤 길을 선택하느냐에 따라
삶은 튼실해지고 달라진다

지금 당신 앞에 수많은 길이 있다
어떤 길을 선택할 것인가
모든 것은 마음과 결심에 달려 있다

자신이 원하는 길을 선택하라
맨송맨송하던 운명이
새롭고 확실하게 달라진다

적막한 고독

철없는 고독이 자꾸 돋아나
가슴에 엉킨 적막을 참지 못해
가마득한 그리움의 오솔길 따라 걷는다

마음의 독방에 갇힌 외로움에
쓸쓸함이 후드득 떨어지고
자지러지게 외로워 이끼가 끼고
소름이 돋아 퉁퉁 불어터진 고독을 어찌하나

송골송골 새어 나온 외로움
뼈 앙상한 고독의 창에 눈물이 서리고
그리움에 멀미 나 얼마나 형편없이
뭉개졌으면 추근히 눈물에 젖을까

그리움은 눈앞에 삼삼한데
잔혹하게 그림자와 함께
홀로 쓰러지는 두께 깊은 외로움에
가슴이 서늘하게 식고 서러워
나 혼자 처량하게 울고 서 있다

마음의 뒤안길 바닥을 알 수 없는 고통에

애간장이 저리고 녹아
슬픔에 깊게 잠기고 가슴에 맺힌 설움이
자꾸자꾸 눈물이 되어 쏟아지는데
이를 어찌해야 하나

지독하게 외롭다

지금 내 곁에 아무도 없고
마음 구석구석에 구차하게 남아 있던
그리운 생각도 자국 하나 남김없이
철저하게 깡그리 매몰되어버렸다

헛된 꿈 꾸며 쫓아다녀도 무산되고
하루 온종일 전화도 없고
목 빠지게 기다려도 문자 한 통 오지 않고
초인종 소리도 울리지 않고 아무도 찾지 않아
헐벗은 마음이 뒤얽혀 지독하게 외롭다

고독이 연약한 곳을 파고들어
까칠하고 뼈아프게 후려치고 달아나
몸살 나는 허허로운 외로움이 한풀 꺾여
채울 수 없는 갈증만 점점 깊어간다

인기척 없는데 바람만 불어오고
낯선 마음 깊은 골짜기 그늘 끝에
몸서리치며 쓸쓸하게 앉아 있는데
저만치 그리움이 혼자 걸어가고 있다

어둡고 깊어지는 고독 속에
넘지 못하고 비껴갈 수 없는 빽빽한 절망에
모든 것들 부서지고 흩어지는데
나는 어쩌라고 넌더리 나도록 혼자다

흘러가는 세월에 남는 것은 어처구니없게
가눌 수 없는 눅진눅진한 마음
서글픈 눈물에 울먹울먹 울 수밖에 없는데
외로움이 고독한 마음을 핥아놓아 쓸쓸하다

사소한 것에 아찔하게 비틀거리며
애절하고 애끓는 흔들림 속에서 부랴부랴
애타는 그리움 하소연하듯 간절히 빌고 있다

고독한 밤

칠흑 어둠의 감옥에 갇혀 있는 깊은 밤
속살 후벼 파는 고독에
지쳐 울다 만 눈으로 쳐다보는 밤하늘에
또렷하게 빛나는 별들과
처량하게 떠 있는 싸늘한 초승달 빛이
심장을 비수처럼 날카롭게 찌른다

뒷골이 아리고 아프도록 참혹하게
꺼꾸러지고 쓰러졌던 시간들
그리움에 안타까움만 그려져
서성거리던 고독한 밤이면
눈에 보이는 것들이 더 고독해 보인다

어둠 속에 불어오는
바람의 몸짓에도 조바심치며
온갖 공상에 빠져들어 몸서리치는
소리를 지르며 숨을 헉 삼켰다

혼자는 진절머리 나게 외로워
사랑하는 이의 눈을 마주치며
잡힐 듯 잡힐 듯 껴안고만 싶은

욕망의 야수의 피가 흐르는
미치고 환장할 이 처절하게 고독한 밤을
어찌 홀로 보내야 하는가

어떤 날

깡마른 고독이 입질하더니
내 마음의 모퉁이를 맴돌다 떠나
속이 까맣게 타 죽기보다 싫다

세상 사는 맛이 뿔뿔이 흩어지고
앙금에 감감히 깊어가는 목마름에
걱정스런 눈빛마저 가느다랗게 흔들리고
눈물도 메말라 찔끔찔끔 울었다

한없이 옥죄는 한 조각 자책과
앙칼지게 뼈를 관통하는 고통 속에
시답잖게 외로워 쭈그려 처박혀
찌그러진 얼굴로 허공을 바라보고 있다

까닭 모를 설움에 어처구니없이
갓 틀어 올린 외로움에 서글퍼 진 빠지고
발목이 잡히고 핏기가 가셔도
진정 사랑만 한다면
아주 쪼그마한 사랑이어도 좋다

슬쩍슬쩍 다가오는 너를

결 고운 꿈길에서 두근거리도록
가슴이 찡하게 만나 이야기꽃 피우며
나직하게 남을 추억을 만들고 싶다

한밤중

한밤중
어두운 밤하늘에 하얗고 뽀얀 달이
어둠을 샐쭉하게 째려보는
눈빛으로 외롭게 떠 있다

달빛이 한없이 풀려나가
온 세상 외로운 것들을
어둠 속에도 환하게 밝혀놓는다

쓸쓸함 박힌 자리마다
찬 바람에 숭숭 구멍이 뚫려
그리움의 수치가 올라
차진 외로움이 몰려와도
끽소리 못 하고 마른침만 자꾸 삼켰다

온 세상이 아늑하고 고요한데
아름답고 슬픈 달빛 보면
걸음걸이조차 즐겁지 않고 외로워
꺽꺽 울고 싶도록
솔직히 무지하게 서글프다

발자국

야속하게 흐르는 세월 따라
벅찬 목숨 숨 헐떡이며 꽁무니 쫓아다니고
어두운 길 밝은 길 번갈아 가며
늘 서툴러도 발자국 새기고 남기며
촌스럽게 우쭐거리며 잘 살아온 줄 알았다

뒤돌아보면 처량하고 허무한 목숨
눈치 보며 힘들게 살아왔는데
외진 미궁의 길로 떠나 깜깜하고
시름조차 어찌할 수 없는 절망 속에
휘청거리며 변방에서 뒷북만 치고 살았다

낯설고 둔탁해 쓰러지고 나자빠지고
거칠던 내 발자국 남던 길 수포로 돌아가
참담하고 비참하게 으깨지고 지워져
어슴푸레 하나도 남지 않아 허전하고
지친 눈빛에 끌려 고독의 난간에 기대어 서 있다

질척이며 떠밀리며 남 좋은 일만 하고
늘 혹시나 역시나 숨 가쁘게 쫓아가며
어리둥절 휘청거리며 안절부절못하고

가뭇가뭇 정신없이 헤매는 삶이었다

운이 나빠 자꾸 구겨지고 벗겨지고
속앓이 배앓이를 다 하고
마구 짓밟혀 뼈아픈 고통이 쑥쑥 자라
왠지 짠해도 비정한 타협 하지 않고 울며 주먹 쥐었다

친절

친절은
인간이 가질 수 있는
가장 순수한 마음의 표현이다

진실한 친절은
정겹고 가슴을 따뜻하게 감싸주는
진심이 가득한 행동이다

거짓된 가식의 친절은
위선이 가득한
위장이며 장난에 불과하다

진정한 친절은
배려와 이해가 깃든
가슴속에서 들려오는 사랑 이야기다

진실한 친절은
마음속에서 우러나와
주변 사람들에게 많은 감동을 준다

힘들고 어려울 때도

쓸쓸한 표정을 지우고 살자

친절은 각박하고 쌀쌀맞은
세상의 싱싱한 오아시스다

상처

흔들리는 캄캄한 절망 속에
가슴이 찢어지고 마구 쪼이듯
허심한 마음 벼랑 끝에 서면
눈물이 앞을 가리고 녹초가 되는데
상처받지 않을 사람이 있을까

겹겹의 고통에 상처받을 때
목에 핏대가 서고 골 깊고 시름 깊어도
왜 나에게만 이런 일이 있을까
얼간이마냥 철부지마냥 막막하다고
하염없이 한탄하지 마라

촘촘히 박히던 상처가 찢어지고
깔깔하게 부서져 막막해도
가끔 실없는 듯 웃어도 주면
아물며 치유되며 살아가는 것이다

마음의 축이 흔들릴 때마다
힘겹게 버티고 일어서는 올곧은 마음이
성숙을 만들고 삶의 의미를 갖게 한다

손끝 저린 아픔에 조각조각 깨져
슬픔을 마시며 흘렸던 눈물도
세월이 흐르고 나면 신통하게 마르고
정겨운 마음 풋풋하게 다시 살아나
얼마나 아름다운 눈물이 되는가

숨 막혀 당장이라도 죽을 것 같았던
길고 독하디독한 상처일수록
미련스럽도록 묵묵하게 이겨내고 살아남아
한 발자국 한 발자국 앞으로 나가는 힘이
참으로 대단하고 위대하다

고통

고통은 검게 느껴지고
희망은 밝고 환하게 느껴진다

살다 보면 살아가다 보면
허공을 깨듯 아픔을 주는 것도
의외로 아주 작은 것들이 많다

손톱에 박힌 아주 작은 가시 하나
신발 밑창의 작은 돌멩이 하나
눈 속에 들어간 티끌 하나가
아주 고통스러워 꽤 지치게 한다

진땀이 나는 힘든 고통도
찬물 끼얹듯 목덜미 서늘한 큰 고통도
마음을 일제히 터놓고 이겨내라

멈춘 듯 망설이는 듯 흘렀던 시간 속에서도
우리의 삶은 멈추지 않고
강물이 흐르듯 흘러간다

작은 고통에 일그러진 얼굴로 아파하며

지지리 못나게 끽소리도 못 하고
궁상떨며 초라하게 살지 말고
우리 안에 우리 주변에 있는
희망을 찾아 행복하게 살자

지금이 얼마나 소중한 시간인가
체증이 풀리고 다시는 돌아올 수 없는 시간
사랑하는 사람들과 기쁨을 만들며
환하게 웃으며 행복하게 살아가자

걱정

막연한 불안 속에 절망의 파도가 몰아쳐
이맛살을 때려 인상이 찌그러지고
신경이 찢어진 듯 가슴이 아파
시름에 흘리는 눈물에 뼈가 저리다

얼굴에 굵게 접힌 주름살 사이로
힘겹게 흘러가 버린 고통과
세월의 흔적이 고스란히 남아 있다

수없는 생각이 맴돌며 떠나지 않고
시커먼 동굴 속에 빠진 듯
불길한 상황에 악몽에 시달리고
험한 궁지에 몰려 곤두박질친 것 같다

어이없는 어리석음 탓에 화가 나고
단순한 단점이 큰일을 만들어
괴리가 깊어지고 끝장날 것 같다

어려운 걸음걸이 눈물과 고통이 혼합되어
싸늘해지는 체온을 느끼며
불안한 시간을 보낼 때 후회스러웠다

막막한 순간마다 달라붙는
으스러지도록 뼈아픈 고통과
엄청난 시련에 휘말릴 때마다
한없이 괴롭고 힘들다

내 탓

솟구치는 긴장감 속에
변명할 기회조차 깡그리 잃어버려
작살이 나 이가 갈리고 치를 떨었다

지독하게 운조차 없어
모든 잘못을 내 탓으로 돌리며
변명의 모퉁이를 맴돌아
목이 조여드는 참담한 심정이다

장난질하지 말라
모두가 내 탓이다

남에게 자기 잘못을
생뚱맞게 뒤집어씌우는 것은
정나미가 뚝뚝 떨어지는
현명치 못한 큰 불행의 시작이다

피곤

하루하루 살아내기 힘들고 버거워
허우적거리다 늘어지고 풀 죽어
힘조차 빠져버려 오만상 찌푸리며
털썩 주저앉아 온통 눈물에 젖었다

초주검 되어버린 몸과 마음을 쉬기 위해
잠시 잠깐 철창 없는 감옥 같은
세월의 먼지 나는 한구석에 풀썩 누워버렸다

귀찮고 재미 하나 없는 단조로운 일상 속에
잡생각만 자꾸 웃자라고
안간힘을 써도 서툴러 고달프게 밀려오는
피곤과 고단함을 어찌할 수 없다

피도 흐르지 못해 힘들어
뼈가 빠지게 힘들고 지쳐 바싹거리는 내 마음을
살살 불어오는 바람이
매만져 주고 떠났다

내 꿈은 마가 끼었는지
앞길은 먼데 용빼는 재간은 없고

늘 허공을 맴돌다 떠나고
잔뜩 찌푸린 절망의 어둠이 짙어가고 있다

찬물을 끼얹었었는지 고난의 오한으로 떨고 있는데
그래도 희망을 갖는 것은
온몸을 덮어주는 푸르고 쨍쨍한
햇살의 마음이 너그럽고 따뜻하기 때문이다

미련

언뜻 한번 스치지도 않고
떠나고 또 떠나도
소리 지르거나 아우성치지 못하고
간 졸이며 속절없이 맥없이 웃었다

생각의 끝 하나가 한을 품고
눈물로 다져진 세월 속에
그리움과 그리움이 맞부딪쳐
쪼끄마해진 마음에 아쉬움만 촘촘히 남아
아슴푸레한 보고픔에 마음만 흔들렸다

젊음을 병 앓아 넝쿨처럼 얽히고설켜도
보이는 듯 어딘가에 있는 듯
볼썽사납게 내동댕이친 그리움 속에
갈피를 못 잡고 헤매고 방황해도
고독마저 삐딱해 앙상하게 뼈만 남았다

상처의 마지막 끝에서 외토라져
마구 흔들거려 서로 부딪쳐가며
세월의 문간을 들락거리고
자꾸만 아롱지고 아른거려 미궁에 빠지는데

이 일을 어찌해야 하는가

삶에 지쳐버린 싸움꾼이 되어
억측이 난무하는 빌딩 숲 고독 속에서
얼굴에는 신경질이 더 많아지고
덜어내야 할 짐에 미련이 남아
절실한 마음에 멱살 잡혀 막막하다

한순간

모든 일은 한순간이다

지방에 강의를 하러 가다가
마중을 나온 차를 탔는데
운전이 몹시 서툴러 불안했다

한겨울 매서운 강추위로
도로마저 빙판이 되어 떨고 있는데
차가 갑자기 미끄러지며
아차를 느끼는 일촉즉발의 한순간
차가 뒤집혀 논두렁에 처박히고 말았다

비명도 지르지 못하고
어찌하지도 못하고 정신이 나가
잠시 한동안 의식을 잃고 말았다

눈을 떴을 때 깨달았다
별수 없이 엉망진창이 되고 말았다
운명적인 죽음도 아차 하는 한순간
끝내 떠나고 마는 삶
섬뜩하게 치명타를 맞는 것이다

욕심

아귀다툼에 요동치며
끝없이 한없이 부풀리고
오만상 험하게 찡그리며
늘 부족함에 허무를 느끼니
못내 부끄럽기만 하다

참 못났다

눈

가식의 껍질을 벗은 맑고 초롱한 눈은
거짓을 말하지 않는다

조용하고 차분하게
세상을 보는 맑은 눈은
사람의 마음을 표현한다

불안, 초조, 근심, 걱정,
행복, 기쁨, 감동, 사랑
눈의 초점에 모든 감정이 살아난다

눈에 웃음이 보이면 행복하다
눈에 눈물이 보이면
그리움이거나 아픔이다

홀로 외롭게 기억하기보다
둘이서 아름다운 추억이 되는
운명의 굴레는 스스로 만들어가는 것
맑은 눈이 촉촉하게 젖도록
그립고 보고 싶다

암으로 떠난 젊은 여자

늘 수다와 푸념과 넋두리가
끝날 줄 모르던 젊은 여자
툭하면 신세타령에 눈물 찔찔하며
한탄이 연이어 쏟아져 내렸다

췌장암 말기 선고를 받고
병원에 입원한 후로는 솜사탕마냥
몸이 금방 녹아내릴 듯 무표정하게
말 한마디 유언 한마디 남기지 못하고
기막히게 슬픈 47세 젊은 나이에 떠났다

늘 가난의 거센 바람에 시달리며
기진맥진해 한 맺혀 살면서도
사람답게 살지도 못하고
지워진 짐이 못내 무거웠던지
네 딸을 그냥 놔두고 훌훌 떠나고 말았다

맨가슴 낚아채듯 시집살이 심한 시어머니 등살에
모질게 짓눌리고 뭉개지고 찌그러져
헤어나지 못하더니 뒷걸음 한번 못 치고
오그리고 살더니 곤두박질치듯 훌쩍 떠나가 버렸다

같이 사는 남편이라는 사내는
병든 아내를 보고도 슬퍼하지 않고
바람을 피우고 싶은 생각의 벽 뒤에서
다른 여자 생각에 숨죽이며 웃고 있었다

늘 비틀리고 꼬여 피곤해도
필사적으로 살았지만
옷 한번 변변히 사 입지 못하고
맛깔난 음식 한번 제대로 편히 먹지 못하고
여행 한번 떠나보지도 못하고
시어머니 눈총만 받다가 깡마른 채로 축 늘어져 살더니
세상 짐을 벗고 저세상으로 떠났다

숨 막히는 소용돌이 속에서 겁을 먹은 듯
말 한마디 제대로 못 하고 살던 젊은 여자에게는
오직 죽음만이 질고와 고통에서
벗어나고 헤어날 수 있는 길이었다

산다는 것은

한눈팔다 피 말리며 살면서도
혹시 좋아질지 몰라 발버둥 치며
슬픔을 잘 견디어내는 것이다

잘 풀리면 좋을 텐데 늘 꼬이고 살아
긴가민가하며 질펀하게 낭패를 보며
혼돈 속에서 이럴까 저럴까
기가 막히게 꼬드기며 흔들어대는
조바심 속에 망설임에 많이 흔들렸다

살려고 게거품 물다 골탕 먹고
발버둥 치면 칠수록 등 돌리고
꼴사납게 묵사발 되고 곤두박질쳐서
땅 꺼지게 서러워 참 많이 울고
헛다리를 짚어 철없이 헛웃었다

무슨 바람이 불어닥쳤는지
조바심 떨다가도 두루뭉술 살다 보면
가슴에 서운한 것보다
지나고 나면 아쉬운 것이 더 많았다

안전벨트

차가 떠나기 전
안전벨트를 맸는데
허룩하게 몸만 묶이고
마음이 자꾸만 달아난다

정말 안전할까